JN222109

詩集

生を受けて

苗田 英彦

Naeda Hidehiko

風詠社

目次

うた詩

生を受けて

平凡

のほほんとして　のんびりとしている私
苦しいことも　すぐ忘れるし
喜びも　長くは維持しない

平凡だけに
こんな人生に
疑問を持つばかりだ

でも　凡人故に
世間に認められている事もあるのだ

守られて

あなたは言う
「私がいるから
あなたは幸せだ」と

守られていても
何も感謝の言葉さえ出そうもない

でも　笑顔　言葉　ジョーク
その全てが　私を救ってくれている

あなたで　本当に良かった

孤独

たった一人の人生なんて
誰にも理解はできないと思う

逃げたい
忘れ去りたい
生まれ変わりたい

友が　妻が　そして伯父が
僕を支えてくれている
大いに感謝しなくては
ならないだろう

苦悩

悩みは　誰にでもある
救われたいと
もがいている人もいるだろう
もがくほど　悩み続けるほど
苦しみの淵へと　追い詰められる
何気ない挨拶　気心の知れた仲間
それらが　すき間を埋めてくれる
原動力かもしれない

絵空事

もう一度の人生があるとすれば
私は　私を選びたい

他人を愛そうとも
家族が代わろうとも
名前や顔を変えても
私は　私を貫きたい

宝箱

こころの底にある
宝石のような心

喜び　悲しみ　楽しみ　憂い
その全てが凝縮されて
きらきらと輝いている

かがやきの度合いは
流す涙かもしれない

愛情と友情

愛する人と友とに板挟みされたら
どうすれば良いだろう
私は　愛を優先させるような気がする
友は裏切れても
愛は裏切ることは出来ない

憤り

社会は
弱者に手厳しい

富の再分配
権利の不平等
身分の上下関係

弱者はいつの世にも
虐げられるようだ

私も　声を大にして
怒りを発していこうと思う

邪念

もし　機会があれば
世界に君臨したいと
ひそかに望むこともある

社会的弱者を逃れ
強者になれば　おごれるかもしれない

でも　ふと現実に戻ると
夢のような　妄想でしかない

生を受けて

全てが偶然だろう

誕生　成長　出会い　別れ
それらの必然性が
年を経るたびに
理解できてくる

性格　長所　感性
それらも　後天的に身につけてきた

この生を受けてきたことを
十分に理解して
今後の人生に
生かさなければならないと思う

教え

男は　寡黙な方が良い
若い頃の伯母の教えだ
だが　貯めることができた言葉も多い

この年なら
少しは語って良いようにも思う

言葉を　文字に置き換えて
残していきたいと思う

らっきょう

皮がはがされるたびに
また　皮が現れる
実態は　小さい

いっぱいの皮を被り
人と接していても
話が　はずんでくると
らっきょうのように
一枚一枚皮をはがされていく

もう少し　太い芯を持ちたい

誇り

四十七歳で　ドロップアウトした
友　妻　家庭を大切に考えた結果
仕事もせずに　自宅で
ブログ活動にだけ　精を出した

少なくても　社会の片隅で
何らかの貢献は　してきたつもりだ

これからも　夢と未来に向かい
明るく生きていこうと思う

つれづれⅠ

気ままに

単調な毎日の中に
多くの自由な時間が存在する
でも　日々の生活には縛られたくないと思う

目標を持って生きよう
夢は持ち続けたい

形にとらわれることなく
自分に勇気を持って
おごれることのないように歩んでいく

常に前向きに生きて
明日を切り開いていきたいと願う

努力

人生日々勉強だ
下手でも良い
幼くても良いのだ

何事においても　続けることこそ大切なのだ
努力は　積み重ねの産物だと思う

くり返して続けていけば
やがては上達もするだろう

生涯学習とは良き言葉だと思う
何でも良い　趣味や勉学において
多いに才能を花咲かせてほしいものだ

めばえ

心の中で　自立の気持ちが
芽生え始めている

失敗しても良いのだ
自信を持って　やり通すことが大切なのだ

勇気　元気　夢　希望
それらが相乗効果を生んで
自我の目覚めを　覚醒している

完璧さではなく　自らを鼓舞して
貫き通すことが必要なのだろう

春

明日からもう三月になる
随分と暖かくなってきた
昨日は菜の花を買ってみた
今晩は　夕げに辛子和えが色を添える
食卓にあがるもので
季節の巡りあいを肌に感じている

強く生きよう

人生とは不可思議なものだ
早くからのドロップアウト
支えてくれたものはブログに過ぎない
妻も応援してくれてきた

人生では落伍者かもしれない
でも　生きている証の詩や小説

弱音を吐いても
欠点をさらけ出しても
良きことなど何もない

せめて　気持ちだけでも
正々堂々と　胸を張って生きていたい

珈琲

薫り高き黄褐色の飲み物
妻がいつもドリップして入れてくれる

香りを楽しみ
その後ブラックで味わう
珈琲はほろ苦く　酸味を感じる

グラニュー糖とミルクを入れて飲み
ゆったりとした至福の時間を過ごす

甘さと苦さの快き調和が
こころの休息を与えてくれる

いにしえの道

弥生三月　季節は巡り
風は　梅の香りを運んでくれる

自転車と歩行者のための緑道
行き先は古代の村へと続いている

史跡には梅林があり
紅白の梅が　香りを楽しませてくれる

道には　タイムアーチが備わり
そこから古代へとワープできそうに感ずる

夕暮れ

陽光が地平の彼方からこぼれて
空は虹色に染まっていく
空気は乾いて
涼気があたりを覆う

人々は足早に帰途につき
静寂が大地を支配する

各家庭では　そろそろ夕げの支度をし始め
季節感あふれる食材が賑わいを添える

真夜中の孤独

カーテンを閉じた部屋で
パン焼き器の音だけが流れている
空腹感を紛らわすために
冷めたルイボスティーを味わう

ひとりでいることの充実感を
煙草をくゆらして　感じてみる
そして　やがてベッドに戻り
架空の世界を空想している

虹

さんぜんと燦めく虹のきざはし

天空に横たわり
七色の光を放ち
地上へも降り注ぐ

虹は平和の象徴
人々の心を浄化し
明日への希望を抱かせてくれる

まだ見ぬ貴女

空の彼方にいるという
緑の瞳に
黒い長い髪

貴女を求めて　銀河をこえ
先史を訪ねて　幾千光年

いつか貴女に会うために
私のこころの旅は
終わることはないようだ

土曜日の児童公園

久しぶりに遠くの児童公園へ遊歩した
住宅街を通り抜け
経路に示された裏道を抜ける

そこには子供達が集い
遊具等で遊んでいる
活気あふれる公園の
ベンチに腰掛け一休みする

幼き頃の郷愁を
かすかに感じさせてくれた

花前線

季節が運んでくれる花便り
南の国では　もう桜が咲いている
四季の巡りは　思いの外早く
卯月の前には　満開になる

花前線の北上が
桜色の花弁を待ちわびる人々の
こころの底に期待をもたらしている

心の闇

雨がそぼ降る灰色の空に
街の活気も　闇に消えて
季節の移ろいも停止している

傘で冷たい雨をしのぎつつ
人は足早に通り過ぎる
こころの奥では　暗い闇が訪れ
なすすべもなく　桜花の頃を懐かしんでいる

幻想

何気ない日常の繰り返しの中
非現実的な夢を追い求める
夢想の社会　架空の世界
絵空事に想いをはせる

銀河　宇宙　時間　空間
その中に　自分自身を登場させる
華やかなる舞台での脚光
人生の成功者

そんな夢想が　思い浮かんでは消え
また　思い浮かんでいく

花便り

季節の移ろいに　心を託し
あなたへの便りを綴る

季節の挨拶　花の言葉
夢を語らい　あなたとともに生きていく

遠くであなたを見守りながら
つたない筆に全てを注ぐ

またいつか会える日を夢に見て
押し花しおりを　そっと添える

街の明かり

ベランダ越しに　ビルの常夜灯が瞬く
近くの高層住宅からは
灯りがこもれている

月影は大地を　おぼろげに照らし
無数の星が　天空に瞬く

街には様々な灯りが点在し
装いの風景に調和している

人は夕げを食しながら
夜の風情を楽しんでいるに違いない

桜

季節の季語の一つとして
四月の初旬に咲く桜

薄紅色の可憐な花弁が
そよ風に吹かれてそよいでいる

その数はいまだまばらながら
四季の訪れを
十分　人に感じさせている

架け橋

海峡をまたいで
荒波を堪え忍び
眼下に船の往来を眺めて
橋は今日も　人々をつないでいる

夢と知力の調和点
郷土の誉れ
未来へとつなぐ造形美

今も　平然と明日への希望の
架け橋となっている

焼き芋

オーブンから香ばしい香りがして
食欲を促してくれる

食べてみると中はふわふわで
熱々のものを　フウフウ言って食する

甘い味覚　深い味わい
屋台の焼き芋とも違って
家庭の味がする

お三時には　格好のおやつとなっている

こころの風景

あてどなく歩む道に
彼方には　さすらいの砂漠があるという

砂塵が吹きすさぶ砂漠のはずれに
荒廃した村がある

村には小さな泉があり
こんこんと清水が湧き出している

清水の成分は命の源
旅人の元気の元だ

村への道は未来へと続き

行く末には　緑に囲まれた
オアシスがあるそうだ
旅人のこころに
この道の原風景が刻まれる

道

果てしなき道を　君と歩んできた
悲しみの日々
喜びに満ちあふれた日々

その折々に　後ろを振り返ってきた
爽やかな風がたなびき
雲は大きく横たわる

もう後戻りはしないだろう
僕は　君の後ろから
この道を歩んでいくことにしたよ

明るい明日へ模索しながら
前向きに　我が道を歩んでいきたい

秋色

秋の色は様々である
栗色　松茸色　柿色
梨色　サンマ色　葡萄色
でも　街行く人の格好は
もっと様々な彩りをしている

また　秋には紅葉もあり
カエデ色　イチョウ色　モミジ色など
色とりどりに花を添える

その全てが　街というキャンバスに
彩られて　秋色を見事に演じている

そして　晩秋も過ぎて
街の色は　冬色にと変化していく

声をなくして

私は　三年前に声をなくした
上手くしゃべれない
しわがれ声に変わってしまった
電話も　上手に応対できない

だからといって　日常生活には不自由はない

悔しくて　情けなくて　腹立たしい
せめて　カラオケで十八番でも
歌ってみたい

もうきれいな声には

一生戻れない
この悔しさを
誰にぶつけたら良いのだろうか

夢

ささやかな我が人生を
振り返りながら
ふと　夢について考えてみた

大きな夢　小さな夢
色々と夢はある

出版の夢
海外旅行
名簿から消えている同窓会への参加

でも　是が非でも実現しなくても構わない
その過程が正しければ

結果にはとらわれないでおこう
明るい明日に　何かのヒントに
なるような夢なら　持ち続けていきたい

空

この広い大地の果ては
一体何処へとつながっているのだろう

雲をなびかせ　風を呼び
地の果てまでも　続くのだろう

夕闇近づくこの時間には
赤く染まる　紺青色のキャンパス

空は時系列で歩みながら
人の営みを守り抜いている
私は　空に上って　天空を駆けてみたい
雲に乗って　異国の地まで

たどり着いてみたい
空には希望や夢がある
そして　自然の息吹が感じられる

旅のごとく

人世は遙かなる旅のようだ
また　川の流れのようでもある

あるときには　渓流のごとく
激しく水しぶきを上げて流れ
またあるときには　大河のごとく
平々凡々と　ゆったりと流れていく

旅は道連れが好ましい
ひとり旅は　寂しく辛い
でも　いつか百年の知己に出会うこともある

私の人生旅は　とうに折り返し点を

過ぎてしまったが
人との縁は　これからも出会うこともあろう
前向きに　人世の旅を
続けていきたいと思う

何気ない風景

木々の緑も枯れて
色づく葉桜やケヤキの園路
インターロッキングの広場沿いに
そろそろユキヤナギが芽生える

何もない住宅街に
高層の住宅が軒を連ねる
ポケットパークでは　子供達がたわむれ
園路を中年女性が　通り抜けていく

窓越しに見た風景に
ふと表に出たくなり　エレベーターに乗る
もうあたりでは　落ち葉があふれていた

イーストパークの一角で
煙草を吹かしながら　晩秋の風情を味わう
この地に住んで　十五年になるが
いつも見ていた風景にも
何気なく趣が存在する

また新年の初日の出を
ベランダ越しに眺めてみたいと思った

心の内

仲間に会いたい
友ももっと増やしたい
旧友にも出会って　旧交を深めてみたい

でも　人世を　ドロップアウトした私の
心境は複雑でもある
何も出来ない現状では
会っても仕方がないようにも思う

もっと積極的に生きたい
話しの話題も　もっと持ちたいと思う
こちらの方から　近づいていこう

その様な気持ちを　大切にしながら
新たなる環境でも
自分をアピールしていきたい

陽光

ベランダから　朝の光が差し込む
眩いぐらいに輝いている

身体をやさしく包み込む陽光が相まって
晩秋の風情の中で　涼風に感じる

黄色にも　金色にも見えるその光の色に
朝の時間の荘厳さを感じる

晴天の空には　雲一つなく
四方八方に　光が瞬いている

衣食足りて

美味しいものを食べ
むさぼるように眠りにつき
季節の衣服を買って
何不自由なく暮らしている

でも　私の目指す道は
遠くて　果てしない

創作した詩集を
もっと多くの人に読んで欲しい
本を出して
お世話になっている人に差し上げたい

私が出来る　ささやかな礼儀は
その様なことではなかろうか
今後も　精進して
創作活動に　意欲を持ち続けたいと思う

つれづれⅡ

一年を振り返って

今年もあとわずかだ
年末・年始の準備はもうできている

年賀の挨拶状　年始のおせち料理の注文
クリスマス準備　新年の福袋

来たる年には　新たな服をまとい
すがすがしい心持ちで　新春を迎えたい

暮れの紅白歌合戦
今年は４Ｋ放送で楽しめる
平成も　あとわずか
様々なことが　走馬燈のように駆け巡る

言葉を失い　身体の自由を奪われた
懸命のリハビリの中で
もがき苦しみ　言葉以外は回復した
自分を取り戻せて　安堵感で一杯だ
来たる元号の年は
良き年でありたいと願っている

風紋

夏の風が吹き騒いでいる
八月の砂漠地帯
太陽が照りつけ　灼熱を呼ぶ

溝のように並ぶ　みずみちの跡
砂塵を巻き上げるごとく
黄砂の嵐が乱れ騒ぐ

風の描いた足跡は　生きているかのように
自然の息吹を表現している
旅を急ぐ　ラクダの行商人達が
オアシスへの道を確かめるかのごとく

風紋を確かめて　道を急いで行っている

聖夜

清き心を胸に秘め
キャンドルの灯りに集う人達
青き瞳を輝かせ
聖なる言葉を唱えている

いこいの茶菓子を食しながら
紅茶を飲んで　年の終わりを締めくくる
来る年に想いをはせて
幼き夢を追い求める

手には賛美歌歌集をたずさえて
声を合わせて　斉唱する
清き音色の歌声が

倍音の音と共鳴して
荘厳に響きわたり
明日への未来の　ドアを開く

天然

うっそうとした木立が生い茂り
木漏れ日は　木々のすき間より差し込む
水面《みずも》を照らすその光は
白鳥をも　輝かしている

空にさすらう　二羽のカラス
牧場をさまよう　牛馬の群れ
この華麗なる楽園に
東邦よりの使者が現れる

その名も　メシアン
村人達に　勇気を与え
希望と愛を唱えるなり

美食と嗜好に村人は　慣れていき
飽食の日々を送り続ける
その様な日々の中で
メシアンは　諭していく

衣食足りて　礼節を知ると

人形

私は過去を持たないドール
あなたの夢を叶えようと
あなたに愛されながら
心地よき幻想の世界で
あなたに希望を与えるの

あなたの太い指先が
私の肌に触れるとき
私は未来を
あなたは希望を
手に入れることが出来るわ

今夜もあなたに後悔させないために

本棚のすみで
息をひそめて眠っているの

果樹

あふれんばかりに
たわわに熟した実が
木樹の枝から垂れている

甘く芳醇な香りに惹かれ
鳥が誘われて舞い
通行人が一つ二つを
もぎ取ってほおばっている

果実は天然の恵み
神のなせる技
暑い季節において
一服の清涼剤となっている

正月

おせち料理も　お雑煮ももう堪能した
今日は三日
初詣も行かずに
今年は寝正月ばかり
明日は　外に出よう
この怠惰な雰囲気を
払拭してみたい
もうじき　平常運転に
戻るように心がけよう

蜜

鳥たちは自由に空を飛ぶ
蝶は草原にたわむれる

一面のコスモスが
紅色の絨毯のように
広がっている

小さな鳥や虫たちは
花の蜜を求め
群がり集まる

一度蜜の味を味わうと
再び　その他の花へと

飛散していく
蜜は　自然のなせる技かもしれない

感銘

人を動かす言葉がある
どんな褒め言葉や賛辞より
その人に
　良い時間を過ごさせてもらった
と言われることはこの上ないことだ
私の稚拙な詩でも
褒めてくれる人もいる
時を忘れさせる名文句が
多くの人に感銘を与えるものだと思う

仲間

知らぬ間に　人が集まっている
友が友を呼び　仲間の輪が広がっていく

ブログ仲間　入院仲間
親友　旧友

そんな仲間の
扇の要が　私かもしれないのだ

私には大切な出会い
千載一遇の機会だから
人との出会いは
いつも大切にしようと思っている

つれづれ

心の中にある思いの全てを
幼い詩に託している

でも　ひとつひとつの言葉に
情熱を込めて　表現はしている

心の中に　浮かんでくる言葉と
その修飾に　全てをかけてはいる

自由に発想し
自由に空想し
その内容を　日記風にしたためている

稚拙でも良い
上手でなくても良い
心の中の言葉を　大切に表現するように
心がけていこうと思う

二月

節分も終わり
本格的な晩冬だ
季節は巡り　もうじき春が訪れる

近くの公園には
梅の花の香りが漂うだろう
自然の動きは　素早いが
起床の動きは　緩慢で
寒暖の差は大きく
分厚いコートを手放せないでいる

買い物に行くときも
手袋をすることが多い

街の風景には　季節の変化は感じられないが
晴れ間からの陽光が
肌に優しく触れ
もうそこまで来ている春を
待ち遠しく感じさせてくれる

満天

夜空は星を散りばめて
三日月を奉じる

さんぜんと輝く天の川
北斗の星が瞬いて
かすかに星雲さえ見え隠れする

冬の空は空気も乾き
星の姿も　くっきりと浮かび上がる

この星空を彼方から
あの方も眺めているのだろうか
星に願いを込めて
思慕の情を届けよう

ひとりのバレンタイン

いつものように貰えるものだと
勘違いしていた

今年は　自分で買って
自分で食べるバレンタイン
君は留守で　僕はひとり
寂しく　一つのチョコをほおばる

若い頃には　両手に一杯
貰っていたけれど
今回は　自分で買った本命チョコが
とても　気に入っている

マシュマロ

君の好きなマシュマロ
ホワイトデーにお返しするよ

君に似合いのポケットハンカチ
出かけるときに　百貨店にでも行き
マシュマロと共に
君に贈ってあげよう

道
～精神障害とつきあって～

おだやかさ

私は　得な性格をしている

物事にこだわらないし
くよくよもしない
万事にわたって　楽天的である

そうした点が　私を支えてくれている
穏やかに生きること
これこそが　人生を歩む理想のように思う

価値

生きる価値とは何なのだろう
それは　誰にも良く理解できないでいる
ただ　生きると言う自覚がなければ
何の価値もないと言える

思いやり　謙虚さ
真面目さ　努力など
その様な資質を身につけてこそ
生きていく価値があると言えるだろう

白い時

心を病んで　自分を失いそうになった

自宅に引き込んで
幻聴や妄想に駆られた
そんな時に　伯父が救いの手をさしのべた

精神科の病院で　入退院をくり返した十年
閉鎖された社会
タバコと珈琲の嗜好品
作業療法や運動会　リクリエーション

作業で　自分の言葉を綴ってみた
遠回りした人生

でも　一生のパートナーとも巡り会えた
白い時間があったからこそ
今の　幸せがあるのだと思う

あせり

還暦を超え　人生の岐路に立つ
夢　生きがい
その様なものが欠如している
日頃の生活の中に
希望がないか　探してはいる
焦ってはいけない
まだまだこれからもやれる
夢と希望を持って
明日を生きていきたい

雨の日

朝からの雨　しとしとと降る
外出も出来ない
テレビも興味がわかない

古いビデオを見たあと
堀内孝雄のベスト盤を聞く

昼食後は　インターネット
ブログ活動
こんな一日でしかない

でも　憂鬱ながら
雨の日も　たまには良いと思う

手紙

久しぶりに手紙を旧友にしたためた
電話やメールでは言い尽くせないこともある

時候の挨拶
近況報告
病気や家庭生活のこと
会って旧交も確かめたい
そんな思いを綴ってみた

この思いが
届くことを願う

道

人の行く道は
それぞれ異なる
真っ直ぐな道　曲り道
分岐路　回り道

その都度　喜びや悲しみ
楽しみや　憂いがつきまとう
だが自分に義務づけられた道を
拒んではいけない

自分の道を　自信を持って
歩んでほしいと思う

ポエム

ロマンチックな言葉
巧い言い回し
ダイナミックな表現

そういったものは
私にはかけている

せめて　幼き頃の
冒険好きの少年時に戻りたい

そうすれば　もっと感傷的な
詩が書けるかも知れない

君への気持ち

結婚して　二人だけの生活
心を病んで
また　二～三年に一度の入院

その都度　感謝の気持ちを
言葉に託し　詩で贈っていた

でも　退院して
日常の生活に戻っても
日記のように
詩で感謝の気持ちを
綴っていくことにした

ありがとう
これからもよろしく

ある思い

ある思いが　心をよぎり
落ち着かないでいる

君は　もったいないと
だめ出しをするが
いつか　本を出版したい

詩　エッセイ　レシピ集
なんでも良いのだ

ただ　たった一つの勲章がほしいと思う

ブログ

詩を入稿する
あとは　とりとめない日常
でも　それ以上はない

趣味もなく
話題も少ない

はたして　詩のみのブログで
成り立っていくのだろうか

気休めに　闇の世界を空想し
自分の世界に浸って
少しだけ　そんな記事を書いている

壁

重くのしかかる　目の前の壁
嘆き　苦しみ　焦りの象徴

冷静沈着な対応が必要である

壁を逃げて　通り抜けることは出来ない
もし　無理でも
遠い回り道を覚悟して
物事に取り組もうと思う

あいさつ

人の交友は　あいさつより始まる

あいさつで　人間関係の
緊張がほぐれる

おはよう　こんにちわ　こんばんは
私は　人に出会うときには
あいさつだけは　心がけている

子供の頃から
あいさつの習慣を
学んでほしいと思う

凡人

平々凡々と生きながら
どんなことにも甘んじよう
どんなことでも受け止めよう
どんなことさえ乗り越えよう

凡人という名の　選ばれし人
それが私かもしれない

平凡という丘を越えて
希望という未来に
さあ　たどり着こう

君の名は

君と僕は　不思議なえにし
赤いきずなで　運命づけられた

でも　前世があるなら
君の本当の　名前と話を
教えてほしい

僕も　夢の中で
前世の君と　語り合いたいから

五月の風

初夏のさわやかな晴れ間の中で
風が泳いでいる

肌に優しく　まとわりついて
涼感を呼んでいる

もう　五月
木々の緑は　濃く色づいて
木の葉が　風にそよいでいる

風は　晴れ間にもたらす
一服の清涼剤だ

あした

平凡な日常の中
毎日が通り過ぎていく

昨日より今日
今日よりあした
あしたよりあさって

日々を重ねるほどに
一日一日ごとに
良き日を送らなければならないと思う

せめて　あしたは早起きしよう
せめて　あしたは良い子でいよう

そんな気持ちで　毎日を過ごしたい

魔術

彼にかかると　言葉が武器になる
情熱　熱気　根気　元気など
全てが言葉に封じ込まれている

言葉は短くても
変幻自在して　人の心を打っている

私も見習って
彼のように　言葉を
慎重に選びたいと思う

歌

心が病んでいる時に
歌と出会った

安らぎ　至福　人生　涙
歌より　多くを学んだ

十八番《おはこ》も　よく練習した
声を亡くした今も
勧められると
十八番だけは　心から歌っている

復活の日

体調の優れない二〜三週間

生きていく上で
苦しみから
自分を解き離さなければ
何も　解決しなかった

悩み　もがき　呻き　悲しむ
その中で　自分を昇華して
ようやく　現実社会へ戻ることができた

生きていくことの喜びを
今は　素直に感じている

うた詩

時計

あなたが帰った寝室の　窓辺に置かれた置き時計
音も立てずに　時を刻み　私の心を震わせる

時を刻む　いにしえの音色
時を映す　魔法の鏡
灰皿に　残された吸い殻　むなしく
部屋の本棚　心を温めて

あなたの支えなしでは　生きて行けそうもない
あなたがそばにいないと　死んでしまいそう

今日もさみしく　時を刻んで
私の時計は　生きている
あなたの帰りを　恋い焦がれて
ひとりでさみしく　待っているわ

あなたと出会うと　落ち着いて　からめる腕に腕時計
かすかに響いて　耳を澄ませば　私の心を和ませる

時を刻む　いにしえの音色
時を映す　魔法の鏡
手を取り合って　寄り添い歩く
片隅のベンチ　話が弾む

あなたの支えなしでは　生きて行けそうもない
あなたがそばにいないと　死んでしまいそう

今日も楽しく　時を刻んで
私の時計は　生きている
あなたとの時間を　夢に見て
ひとりでうつろげに　待っているわ

香る女

赤いルージュに　アイシャドー
ピンクの頬に　えくぼが似合う
そんな女の独り言

私はそんなにやわじゃないわ
あなたの弱気の決めぜりふ
ちっとも嬉しく思えない
男らしく　強く抱きしめ
似合いの男を目指してよ

かおるという名の　香る女
パヒュームの匂い　肌に似合う

私は言葉の少ない女
あなたは言葉は饒舌だけれど

私についてこれないならば
こっちの方から　別れてあげるわ
だから　私の愛に尽くしてくれると
誓いの台詞を　唄ってよ

甘いマスクに　ロングヘアー
洒落たドレスに　身を固め
くいいる瞳で　話しかける

私はそんなにやわじゃないわ
お金も欲しいし　贅沢もしたい
あなたは普通のただの人
もっと遊んで　浮き名を流し
似合いの男を目指してよ

かおるという名の　香る女

高貴な香りが　あたりに漂う

私は言葉のさみしい女
あなたは態度は素朴だけれども
私についてこれないならば
私の方から　別れてあげるわ

だから　私の心に尽くしてくれると
誓いの詩《うた》を　口ずさんでよ

鏡の部屋

この部屋で　仮面をかぶり
生きる希望も　持てていない
喜び　悲しみを　忘れながら
我が姿を　鏡に映す

人は誰も　偽りの世界で
時の流れに　ただまよい
他人の姿を　夢にまで見て
鏡の部屋で　揺れ惑う

あなたの前では　仮面をかぶり
偽りの姿　演じてみても
心の中は　自分の姿
愛することさえ　演じ続ける

いつかきっと　本当の自分を
さらけ出せる日が来るだろう
着飾らないで　心の底を
認めてもらえる日が来るだろう

この部屋で　我が身を偽り
生きる希望も　持ててはいない
喜び　悲しみを　忘れながら
我が心を　鏡に映す

人は誰も　架空の世界で
時の流れに　漂いながら
着飾りし姿を　演じようと
鏡の前で　微笑み嘆く
あなたの前では　厚化粧をして
偽りの姿　演じてみても

心の中は　本当の自分
恋することにも　演じ続ける

いつかきっと　自分の弱さを
分かってもらえる日が来るだろう
素顔のままの　自分の素直さを
認めてもらえる日が来るだろう

希望

ささやかなる幸せにすがりつき
勝利の美酒に酔いて　ともに喜び合おう
生きとし生けるものが　未来を目指して
輝かしい歴史を刻むために

生きる喜びを　感じあい
生まれ行く愛を　大切にしよう
小さな芽生えを　大きくはぐくんで
生きがいを求めて　前向きに進もう

闘いの日々は終わり
明るく喜びある世界が訪れる
ともに唄おう　希望を描いて
平和の歌を　語り継ごう

平和な社会にあこがれを抱いて
落ち着きある暮らしを　夢に見よう
生きとし生けるものが　時を巡りて
輝かしい未来を目指すために

愛に満ちた　生活に焦がれて
巡り会う友を　大切にしよう
些細なことでも　あきらめずに
生きがいを求めて　確かに生きよう

私達の世代は始まり
栄えある優美な社会が始まる
ともに唄おう　肩組しながら
仲間の歌を　口ずさもう

折り紙の恋

白くて細い　指先で
器用におられた　鶴のよう
羽ばたくような　微笑みが
私のこころに　焼きついた

心は一つに　真っ白に
あなたの瞳が　輝いて
折り紙みたいな恋心
二人で作る　千羽鶴

会いたい気持ちで　じっと待ち
小さな幸せ　つかむまで
あなたが教えた　風船を
二人で一緒に作りましょう

夢を託して　糸通し
記念の壁掛け　思い出す

心は一つに　真っ白に
あなたの指先　舞いおどる
折り紙みたいな恋心
二人で作る　飾り付け

会えないときには　淋しくて
小さな恋を　堪え忍ぶ

幼い頃の思い出を
無邪気に作る　花かぶと
二人で祝う　幼き日
夢にも味わう　こどもの日

心は一つに　真っ白に

あなたのくちびる　桜紅
折り紙みたいな恋心
二人で飾る　五月びな

会いたい気持ちで　待ち焦がれ
折り紙の恋を　やり通す

TOMORROW

今日という日は　二度とは来ない
喜び　悲しみ　かみしめあって
素敵な明日を　目指して歩もう

過去を振り向き　未来を望む
楽しみ　苦しみ　味わいあって
素晴らしい明日を　望んで進もう

I WILL RUN AWAY TO THE TOMORROW
I SHALL PLAY A WINNING GAME

LA～
明日を夢見て　魔法のように　呪文を唱えるよう

ＬＡ～
時の流れに　我が身を委ね　幻を見よう

明日になると　時計を進め
心の奥に　潜んだ希望に向い
明日になると　夢から覚めて
真《まこと》の世界に　生きていこう

明日という日は　新たなる旅だ
笑顔　涙　かみしめながら
過ぎ去った日を　振り返っていこう

故きを温《たず》ね　新しきこと望み
嬉しさ　憂い　味わいながら
明日のさだめ　切り開いていこう

I WILL RUN AWAY TO THE TOMOROW
I SHALL PLAY A WINNING GAME

LA～
明日を讃え　幸ある人生　送ってゆこう

LA～
希望をなくし　切なくなっても　前向きに生きよう

明日になれば　風向きも代わり
時計の針を　一時停止して
くじけることなく　強く生きて
価値ある人生　目指して生きよう

星空ロマン

輝き光る　十字の星に
願いを込めて　心より祈る
空に広がる　銀河の川に
いつかは故郷　忍んでやまん

遠く離れた　時空の果てに
我が身をやつし　祖国を祈る
天に輝く　星の光に
いつかは故郷　帰りてゆかん

時は経ちて　我が身は震え
いちずな願い　十字を切りて
大地を守り　平和を忍び
愛する人に　願いを捧ぐ

今宵の日こそ　きらめきの中に
我は銀河の　孤高の民よ
生きる喜び　感じさせながら
君は宇宙の　平和の使者か

金箔に染めた　十字の御旗
願いを込めて　心より祈る
果てなく広がる　宇宙の神秘
いつかは故郷を　夢見てやまん

昨日に生きて　明日を目指し
我が身をやつし　祖国を祈る
とめど流れる　星雲のごとく
永遠を誓い　未来を求めん

時を巡り　心躍らせ
いちずな思い　十字を切りて

想いの中に　我が身を委ね
愛する人に　願いを捧ぐ

星空のごとく　ロマンを追いて
我は銀河の　孤高の民よ
心忍ばせ　その日を待ちて
君は宇宙の　平和の使者よ

青春

壮年より　若者へ贈る言葉
過去にしばられ　まどろみ覚めて
汗を流した　積み重ねの日々
忘れ去ることを　してはならない

日々の暮らしで　手にすることの
名誉の数々　振り返ってみても
苦しみ抜いた　挫折の日々を
消し去ることを　あえてはするな

時が流れ　人と巡りて
恋することに　胸焦がすように
都会の孤独　そむかいながら
社会の壁に　戸惑いまどう

人として　青春進行形
若者らしく　つらぬきとおす
苦しみ　悩み　自覚を持って
理想を抱き　前へと進もう

壮年より　若者へ贈る言葉
未来を見据え　知性を持ちて
自由のもとに　理想の道を
あふれる闘志　踏みしめ通せ

規則正しい　従順よりも
個性豊かな　仲間を作り
勝利の美酒を　酌み交わすまで
正義を持ちて　走り続けろ

時が流れ　人と巡りて

愛することに　胸高鳴らせて
幸ある道を　手に入れるよう
後ろ向きせず　歩いて行こう

人として　青春進行形
行く手をさだめ　壁を乗り越え
地につく人生　送れるように
涙を流し　生き抜いていこう

雪原野

北国の凍てつく荒野　ひとり淋しく駅に降り立つ
あなたのことを尋ねる旅に　家を飛び出て二年と三月
心の整理つけたつもりで　何も持たずに北へと向かう
忘れ形見の懐中時計　手に握りしめ　街へと繰り出す

凍てつく雪が吹雪を呼んで　涙もにじみ心も冷える
あなたのまぼろし追いかけながら　冷たい粒が身体をぬらす
いつかは知りたい　私の知らない　あなたの人生
なじみの店の写真を胸に　夜のネオンにさまよい歩く

ねえ　聞いてよあなた　幸せだったのかと
あなたと暮らした五年半
ねえ　聞かせて　私をひとりにして
あなたはなぜに死んでしまった

きょうもひとり　雪原野　心も身体も凍てつくような
生まれ変わりが　もしもあっても　私あなたを選ぶと誓う

あの人に会えて　話しを聞いて　整理が付けば
生まれたふるさと　私は戻り
あなたの墓標　守り抜いて
残りの人生　きっと歩むわ

街の外れの小さなスナック　やっと探していたあの人に会えた
あなたの写真手にして和み　昔話ではなむけ語る
かつてあなたが愛した人の　心ばかりの手料理とお酒
形見の時計　手渡す気持ち　思い出に生きて　私のあなた

吹雪がやんで　雪割草が　あなたの心を物語る
雪を手にして顔をぬぐい　切ない心ほてりを冷ます
思い残したこともなくなり　思い出の中であなたと暮らす
私が生まれた南国ふるさと　私といつも一緒にいてね

ねえ　聞いてよあなた　理解はしたわ
私の知らない　あなたの過去を
ねえ　聞いてよあなた　昔はとにかく
今は私は　あなたを選ぶわ

きょうもひとり　雪原野　心も身体も凍てつくような
思い出話を胸に秘めて　あなたの瞳焼き付けておくの

もしもあなたが許してくれるのなら
南の島で　心温かく
残りの人生　あなたとともに
夢の中に　生き続けていくの

ありがとう

昨日まで　何もかも　押しつけてばかり
本当は　心では　感謝していたのに
無愛想で不器用な　僕を許してくれ
君の言葉　耳も貸さず　とても悪く思う

だけれども　優しく僕を慕ってくれた
生きていく希望　明るさ　強さ
明日からの道は　僕だけにある道
望みある人生　教えてくれた

心から　君よ　本当にありがとう
今は　言葉にならないけれど
幸せをつかみ　ささやかで良いから
二人して　愛を育んでいきたい

明日からは　きっと約束するよ　君に
どんなことも　流されることないと
今の気持ち　伝えておきたい　君に
恋する僕の詩《うた》を捧げておきたい

昨日まで　僕は　君を頼ってばかり
本当は自立して　安心させたかった
無責任で無感動　僕を許してくれ
君だけ　迷惑かけて　心からあやまる

だけれども君は　優しくしかってくれた
生きていく手段　喜び　元気
明日からの道は　真っ直ぐな道で
ゆとりある人生　僕に教えてくれた

心から　君よ　本当にありがとう

言葉では　告げるのが恥ずかしいけれど
少しずつ　一歩ずつ　前へと進み続ける
二人して愛を　実らせていきたい

明日からは　きっと約束する　君に
どんなことも　くじけず生きていくと
今の気持ち　伝えておきたい　君に
愛する君へ　手紙に託して

夕凪

海を見たくて浜辺にひとり　風が優しく頬をなでる
ここは　瀬戸　内海《うちうみ》　ふるさとに似ていると

潮は流れて　今日も暮れて　夕陽が差し込み
さざ波　わき起こり　混じりて海へと消える

景色は広がり　海鳥鳴いて　波も静かに　穏やかに舞う
そこは夕凪　あふれるように　あなたのことを思い偲ぶ

幼い頃　私　ふるさとの海に　たわむれ
いつか訪ねたい　ふるさとの海　二人で

浜辺に立ちて靴を脱いで　素足に砂のぬくもり
ここは　瀬戸　内海　ふるさとに似ていると

浜辺に貝殻　白砂に混じり　潮の流れの匂いも香る
風の涼しさ　心にひびき　夕陽輝きて　身体を守る
海は広がり　小舟が揺れて　波も静かに　緩やかに踊る
そこは夕凪　溶け込むように　あなたのことを恋い焦がれる
大人になり　私　外海　大海《おおうみ》にあこがれて
いつか見てみたい　浪漫の海を　あなたと

生を受けて（著者あとがき）

私の処女出版の詩集の作成に当たり、出版社の風詠社はもとより、多方面の方々よりご支援のお言葉もいただき感謝に堪えません。

そもそも詩の創作を始めたのは、今から二十六年以上も前の平成六年のことでした。正仁会明石土山病院に、統合失調症で初めての入院生活を送っていた時期のことでした。

作業療法士の澤田仁美女史が、手紙以外に何か書けないかと言われ、パソコンも知らない私でしたが、ワープロソフトで詩のようなものを入稿したのがそもそものことでした。

その後、作品は入退院を繰り返した平成十五年四月まで約十二年間で、作業療法ということもあり三十数作品にとどまりました。

その作品のストックを澤田女史の勧めもあり、自主制作詩集にしたものが『白い世界』という非売品でした。その後も翌年に自主制作詩画集（非売品）の『今を生きる』を制作した以降は、目立った作品集は制作していません。

私自身、出版に対する夢は徐々に低下しておりました。しかし、妻の勧めや、あるブログ詩人が目をとめてくれたこともあって、何とか自費出版してみようと思いました。

作品自体は、とりとめのない雑詩集ですが、私にとっては校正段階でよい編集原稿を頂いたものだと確信しております。

今後のことについては、全く白紙の状態ですが、この詩集が少しでも多くの人の目に触れてほしいと願っている次第です。

令和元年九月吉日

苗田英彦

苗田　英彦（なえだ　ひでひこ）

昭和 30 年 1 月 26 日 兵庫県伊丹市生まれ。兵庫県在住
昭和 45 年 4 月兵庫県立伊丹高等学校入学
昭和 48 年 4 月神戸大学工学部土木工学科入学
昭和 53 年 3 月同卒業
昭和 53 年 4 月兵庫県加古郡播磨町役場就職
昭和 63 年 3 月同退職（主に都市計画行政を担当）

28 歳の時　軽い不安神経症に悩む（神戸大学医学部精神科に受診）
平成 5 年 9 月母死亡（天涯孤独となる）
平成 6 年 5 月統合失調症により入院（正仁会明石土山病院にて入院）
平成 6 年 11 月 2 級の障害基礎年金、および共済障害年金受給決定
その後、入退院を繰り返す
趣味　夫婦旅行

平成 18 年 1 月「白い世界」（自主制作詩集、非売品）
平成 19 年 1 月「今を生きる」（自主制作詩画集、非売品）共著／高見雄司

ブログ　seesaa ブログ「生を受けて（苗田英彦のブログ）」

詩集 生を受けて

2019年9月26日　第1刷発行

著　者　苗田英彦
発行人　大杉　剛
発行所　株式会社 風詠社
〒553-0001　大阪市福島区海老江5-2-2
大拓ビル5-7階
Tel 06（6136）8657　http://fueisha.com/
発売元　株式会社 星雲社
〒112-0005　東京都文京区水道1-3-30
Tel 03（3868）3275
装幀　2DAY
印刷・製本　シナノ印刷株式会社
©Hidehiko Naeda 2019, Printed in Japan.
ISBN978-4-434-26622-5 C0092

乱丁・落丁本は風詠社宛にお送りください。お取り替えいたします。